NOTICE

SUR

BAGNOLES

(ORNE),

EN BASSE-NORMANDIE

ET

SUR SES EAUX MINERO-THERMALES.

PARIS ,

IMPRIMERIE DE LACOUR ET COMP⁶, RUE SAINT-HYACINTHE-
SAINT-MICHEL , 33.

—

1849.

NOTICE

SUR BAGNOLES

(Orne),

EN BASSE-NORMANDIE

ET

SUR SES EAUX MINÉRO-THERMALES.

———————

> Les eaux minérales sont une richesse
> dont on doit compte à l'humanité.
>
> ALIBERT.

Aux confins du Maine et de la Normandie, à soixante lieues au plus de Paris, à une journée du littoral de la Manche, comme des villes principales de l'ouest, là où une chaîne de collines élevées (les monts Armoriques) donnent à la contrée l'aspect d'un pays de montagnes, s'abritent dans les plis d'un vallon, non loin du joli village de Tessé-la-Madeleine dans l'arrondissement de Domfromt, avec une chapelle surmontée de sa croix, quelques édifices dont la blancheur ressort sur le fond verdâtre qui les environne: c'est Bagnoles, le Baden normand.

Des deux côtés de l'étroite gorge ayant au plus cent cinquante mètres de largeur, de nombreux rochers se dressent menaçants : ici voilés par des masses de feuillage, couronnés d'arbres verts; là dépouillés, arides et nus; à leur pied coule un *gave* au cours rapide et torrentueux, la Vée, et jaillit une source abondante à laquelle, selon toute apparence, les feux souterrains communiquent une douce chaleur avec de salutaires vertus. Il y a, dit M. Teste, « dans « cette gorge du mont Blanc, réduite aux proportions d'un point de « vue de diorama, tant de beautés de détail, de pittoresque et d'im- « prévu, que la plume est impuissante à les décrire. Un peintre de « paysage y trouverait le sujet de cent tableaux, et nos touristes « vont si loin chercher des impressions ! »

Bagnoles, dont le nom comme le site rappellent à ceux qui ont erré dans les campagnes de Naples un souvenir de la belle Italie, fut connu il y a longtemps. Quoique ce ne fût alors qu'un maré- cage, on y venait déjà de loin chercher guérison. On campait sous la tente, et l'on couchait dans des cabanes. Après quelque temps d'oubli, on y revint comme à une ancienne croyance qu'on re- trouve avec bonheur, comme l'on revient à la chapelle d'un saint révéré dont une tourmente a renversé le sanctuaire et respecté la vieille statue.

Les abords de cette résidence, près de laquelle se croisent les principales routes de l'ouest, sont devenus très faciles (1). Des édi- fices nouveaux et importants remplacent en grande partie ceux de l'ancien établissement de bains qu'y fonda Pierre Hélie, secrétaire du roi, en 1692, après s'y être guéri d'une maladie qui l'avait rendu perclus de tous ses membres. Après avoir rendu l'habitation plus commode, on s'est attaché, dans ces derniers temps, à intro- duire le confortable qu'on peut désirer dans les lieux du même genre les plus en réputation.

Outre que Bagnoles, sous le rapport de la beauté des sites et de cet aspect pittoresque dont la nature s'est plu à favoriser les lieux d'où jaillissent les sources chaudes, n'a rien à envier aux plus cé- lèbres, il possède encore le précieux avantage d'être placé dans une contrée des plus salubres, et où la moyenne de la vie présente le

---

(1) Les malles-postes de Paris à Brest se croisent journellement à Cou- terne, à 5 kiloméées de Bagnoles. Les voitures *les Jumelles*, de la rue du Bouloi, 7 et 9 y conduisent également avec célérité de Paris et de plusieurs autres points.

plus de durée, ce qui justifie l'éloge « des circonstances heureuses
« qui concourent merveilleusement à conserver à l'air atmosphé-
« rique ce caractère de pureté remarquable qui fait de ce joli sé-
« jour l'asyle le plus propice au rétablissement des santés délicates
« et affaiblies. » « En sorte que, a-t-on dit encore, lors-même qu'il
« n'y aurait pas d'eaux minérales en ce lieu, il suffirait presque
« de la beauté de ses points de vue et de la salubrité de l'air
« qu'on y respire pour rappeler, à la vie la personne le plus près
« de la quitter. »

Car, s'il est vrai, comme l'assurent quelques médecins, que les
eaux minérales agissent autant par la pureté de l'air et par la beauté
du site que par les qualités de la source, aucun établissement thermal ne le peut disputer à Bagnoles. Il est du reste difficile de se
figurer rien de plus heureusement disposé par la nature avec des
travaux d'art mieux entendus. Les différents arbres résineux qui
couronnent si agréablement la cime des coteaux produisent, avec
les plantes aromatiques qui les tapissent, une atmosphère balsamique des plus propice aux constitutions délicates, selon l'opinion gé-
néralement admise parmi les médecins. On se sent comme
électrisé dans cette région presque éthérée où l'air pur con-
tribue avec l'action des eaux, à exciter l'appétit, déterminer le
mieux-être, le surcroît de forces, et enfin les changements favora-
bles qui se manifestent dans les fonctions naturelles des nouveaux
arrivés à Bagnoles.

Comme toutes les sources minérales, celles-ci possèdent aussi
leurs légendes : Suivant le récit d'un chroniqueur du dix-septième
siècle, un vieux cheval abandonné dans les forêts aurait fait dé-
couvrir aux habitants des alentours les vertus des eaux *chaudes* qui
sortaient *des verts marécages* existant *au pied des roches noires*.
« Atteints qu'ils étaient, dit l'auteur, d'une gale affreuse ressem-
« blant à la lèpre, s'y baignèrent à son imitation et devinrent
« sains et propres comme en naissant, et le cheval poussif outré,
« après avoir bu quelque temps de cette eau, se guérit si parfaitement,
« qu'il fit l'admiration de ceux qui l'avaient vu hors d'état de servir. »

On rapporte encore qu'un religieux, qu'on avait amené dans une
charette, entièrement perclus de tous ses membres, fit vœu, en
arrivant à Bagnoles, de franchir, s'il guérissait, un précipice de
trois à quatre mètres de largeur séparant deux rochers en aiguilles
auxquels le nom de *Rochers du Capucin* est resté jusqu'à présent
pour attester qu'en effet ce téméraire vœu fut accompli.

Quoi qu'il en soit de l'exactitude plus ou moins entière de ce fait et de la réalité de ces prodiges, toujours est-il certain, selon le médecin historien Odolant-Desnos, qu'en 1717 le religieux dont il s'agit célébrait la messe à la chapelle de Bagnoles, alerte et dispos comme à vingt ans, malgré son âge avancé. On ne peut toutefois révoquer en doute les cures aussi nombreuses que remarquables qui ont lieu chaque année à Bagnoles sous l'influence hydrothermale. Les médecins, qui ont étudié l'action thérapeutique de ces sources minérales, partagent unanimement l'opinion qu'elles sont très efficaces contre un grand nombre de maladies rebelles, et citent des faits incontestables à l'appui de leurs témoignages irrécusables.

Ainsi, les deux Geoffroy recommandent l'eau thermale dans le traitement de *l'asthme*, de toutes les *maladies de la peau*, de la *scrofule*, des *tumeurs abdominales*, du *rachitisme*, et surtout des *rhumatismes* et de la *paralysie*.

« J'ai sous les yeux, dit Geoffroy fils, trois exemples de paraly-
« sies guéries en une ou deux saisons de quinze à dix-huit jours
« chacune.

« Le premier cas était une paralysie des mains, suites de rhuma-
« tismes existant depuis un an; le deuxième, une paralysie géné-
« rale; et le troisième, une hémiplégie par apoplexie.

« Je vis encore, ajoute Geoffroy, un enfant rachitique, âgé de
« dix ans, qui guérit sous mes yeux en deux mois, et le vieux
« curé de Tessé-Froulay, qui se débarrassa d'un tremblement ner-
« veux dont il était depuis longtemps incommodé. »

« De 1760 à 1780, un grand nombre d'observations analogues
« furent recueillies par les docteurs Maignan de Vire, Capelle de
« Falaise, et Bourget, intendant des eaux. C'est ainsi que pendant
« le seul été de 1777, ces médecins constatèrent la guérison de
« cinq paralytiques déclarés incurables, sans compter celle d'un
« chapelain de la Sainte-Chapelle qui, envoyé à Bagnoles par le
« célèbre J.-L. Petit, laissa au concierge de l'établissement le cer-
« tificat détaillé d'une cure qu'il regardait comme miraculeuse; sa
« maladie était une paralysie de la face qui avait résisté à tous les
« moyens. »

A la tête des notabilités médicales qui ont préconisé les eaux de Bagnoles, est-il dit, dans la notice du docteur Teste, où se trouve une grande partie de ce qui suit, figurent Lieutaud, médecin du roi; Macquart et Alibert. Enfin, le docteur Piette, qui fut pendant cinquante-sept ans médecin de l'établissement, nous a laissé, sur es résultats de ses observations, des documents pleins d'intérêt. Il recommande surtout les eaux de Bagnoles *dans les maladies de la peau rebelles ou invétérées, les rhumatismes chroniques, les affections goutteuses qui se fixent sur l'estomac et sur les intestins, les ulcères atoniques, les anciennes plaies d'armes à feu, les ankyloses, les douleurs ostéocopes, les sciatiques, les engorgements articulaires, les plaies, les ulcères atoniques, les engorgements des glandes du cou, les gastralgies, l'aménorrhée, etc.*, et les défend aux personnes atteintes *d'hémoptysie.*

Ce praticien distingué, dont la sincérité ne peut être révoquée en doute, et dont la probité était proverbiale dans le pays, après avoir cité un grand nombre de cures très remarquables, termine en disant : Je ne finirais pas si je voulais rapporter tous les cas ; car je puis affirmer avoir guéri ou vu guérir plus de mille malades aux eaux de Bagnoles.

« M. Isidore Bourdon, membre de l'Académie de médecine, et qui « fut pendant quelques années inspecteur des eaux de Bagnoles, « confirme, à quelques exceptions près, les assertions de son pré- « décesseur, et les conseille particulièrement aux femmes, aux jeunes « filles pâles, et signale en outre la propriété singulière et très po- « sitive entre autres qu'a l'eau de Bagnoles de *blanchir* la peau.

« M. le docteur Poullain, chirurgien-major, et maintenant chi- « rurgien en chef de l'hôpital militaire de Lyon, a déposé au bureau « de la guerre une liasse d'observations, malheureusement restées « inédites, et qui seules suffiraient pour fonder la réputation d'un « établissement thermal.

« M. le docteur Vauchénel, excellent praticien de la Ferté-Macé, « rapporte également un assez grand nombre de cures remarqua- « bles dues à l'action des eaux de Bagnoles, et parmi lesquelles figure « en première ligne celle de l'ancien curé de la Sauvagère, guéri en « quelques jours d'une maladie de peau très rebelle, sorte de lèpre, « dit l'observateur, qui le couvrait de la tête aux pieds. Un fait ana- « logue s'est passé sous mes yeux : Consulté, lors des premiers jours « de mon arrivée à Bagnoles, par une dame de Couterne, atteinte « d'une affection herpétique qui la défigurait, je ne reconnus pas « cette dame après huit jours de bains, tant elle était changée à son « avantage.

« Un médecin de Domfront, M. Ledemé, inspecteur de la source, « attribue aux eaux de Bagnoles une efficacité à peu près égale dans « les six grandes classes de maladies suivantes :

« 1º Les *paralysies*, les *sciatiques* et les autres *névralgies* franches
« non compliquées et récentes ;

« 2º Les maladies chroniques du système osseux et *ligamenteux*,
« comme *ankyloses*, *contractures*, *tumeurs blanches*, *névroses*, *caries*
« superficielles, lorsque ces affections sont commençantes et qu'elles
« n'ont point encore produit l'érosion ou la destruction des par-
« ties ;

« 3º Les *rhumatismes chroniques* ;

« 4º Les *engorgements* ou *tumeurs blanches* non ulcérées ;

« 5º Les *affections chroniques de la peau*, à forme *bulleuse*, *vésicu-*
« *leuse* ;

« 6º Les maladies des femmes, comme *suite de couches*, *lait épan-*
« *ché*, *engorgement de l'utérus*, *relâchement*, *flueurs blanches*, *leuchorrée*,
« *chlorose* ou *pâles couleurs*, etc.

« Après avoir exposé, dans un de ses rapports à M. le ministre du
« commerce pour l'Académie de médecine, les effets physiologiques
« de l'eau thermale de Bagnoles, administrée intérieurement et ex-
« térieurement, ce médecin ajoute :

« La vertu la mieux constatée des eaux de Bagnoles, la plus cer-
« taine, la plus efficace, nous a paru résider dans la propriété
« qu'elles ont de guérir ou de soulager considérablement ces états
« particuliers et apyrétiques de l'estomac, que naguère on qualifiait
« bien à tort de gastrites chroniques, et qu'on appelle aujourd'hui
« des gastralgies.

« En effet, toutes les fois qu'un malade présente un trouble des
« fonctions digestives, consistant en défaut d'appétit, lenteur des
« digestions, inertie des intestins, borborygmes, constipation, ou
« quelquefois diarrhée passagère, langueur et abattement général,
« sans soif et sans fièvre ; que cet état persiste depuis un temps
« assez long ; qu'il a été infructueusement traité ; qu'il reconnaît
« pour causes des affections morales ; qu'il est indépendant de lé-
« sions organiques, quelle que soit d'ailleurs la série si bizarre des
« symptômes secondaires, on peut être assuré que le malade sera
« sinon guéri, au moins considérablement soulagé par l'usage interne
« et externe des eaux de Bagnoles.

« Nous signalons cette propriété dans les eaux de Bagnoles, parce
« qu'elle nous a paru évidente, parce qu'elle est certainement in-
« dépendante des circonstances accessoires et secondaires des eaux.
« Un des médecins les plus distingués de la capitale, M. Alexandre
« Lebreton, envoie chaque année à Bagnoles plusieurs malades af-

« fectés de gastralgies ; nous invoquons ici son expérience et son
« témoignage sur l'efficacité de nos eaux dans ces sortes de cas.

« Enfin, dans le même rapport, sont encore mentionnées plusieurs
« guérisons de *catarrhes de vessie*, de *catarrhes pulmonaires* chroni-
« ques, de diverses maladies cutanées, d'une *tumeur blanche* avec
« plaies fistuleuses, d'une *paralysie* complète chez une femme sur
« le retour et alitée depuis six ans, etc., etc.

« M. le docteur Périnnet, chargé en 1842 et 1843 du service de
« santé de Bagnoles, parle des vertus curatives de ses eaux avec une
« sorte d'enthousiasme que depuis ma propre expérience m'a fait
« trouver légitime. Voici, par exemple, quelques-uns des cas qui
« m'ont le plus vivement frappé :

« 1° M. le vice-amiral D...., sur l'avis de M. Lebreton, arrive à
« Bagnoles dans les premiers jours de juin. M. D.... a soixante-huit
« ans ; sa constitution me paraît profondément altérée et présente
« tous les signes d'une sub-inflammation de l'appareil digestif. —
« Absence totale d'appétit, prostration générale, accablement de
« l'esprit et du corps, mouvement fébrile du pouls presque sans in-
« terruption, coloration paille ou terreuse de la peau, petite diarrhée
« chronique que rien n'a pu suspendre. — En résumé, M. D.... me
« paraît dans une situation d'autant plus grave que son âge déjà
« avancé diminue beaucoup ses chances de guérison. Or, le 1er juil-
« let, sans avoir pris d'autres remèdes que les eaux, M. le vice-amiral
« D.... quitte Bagnoles, je ne dis pas seulement convalescent, mais
« si parfaitement rétabli, que je lui dis en riant, je m'en souviens :
« Partez, amiral, vous mangez trop ici ; un excès de santé pourrait
« devenir dangereux à votre âge.

« 2° Une dame âgée de soixante ans se guérit en *quinze jours* d'une
« *hémiplégie* que l'extrême obésité de cette dame m'avait fait re-
« garder comme incurable.

« 3° Madame L...., de Condé, vint à Bagnoles en désespoir de
« cause. Âgée de vingt-cinq à vingt-six ans, elle est pâle, amaigrie,
« et d'une telle faiblesse, qu'elle ne peut pas faire cent pas sans se
« reposer. Indépendamment de violentes coliques nerveuses qu'on
« a vainement combattues par tous les moyens imaginables, ma-
« dame L.... est atteinte d'une toux d'irritation dont le caractère
« semble annoncer la formation de tubercules dans les poumons. —
« Eh bien ! vingt jours après son arrivée, cette aimable personne,
« dont la gaîté naturelle est revenue avec la santé, n'a plus que le
« souvenir de sa toux et de ses coliques ; elle fait deux fois par jour,

« à pied, le tour du parc. Comme elle avait eu, en arrivant, la fan-
« taisie de se peser, elle se pèse encore en partant, et reconnaît à
« sa grande surprise qu'elle a gagné en *vingt jours onze livres* d'em-
« bonpoint.

« 4° La suspension instantanée d'une migraine périodique chez
« madame la marquise de R., passa dans l'établissement pour une
« sorte de miracle dont on eut le tort de me glorifier, puisque l'hon-
« neur principal en revenait presque exclusivement à un certain
« emploi des eaux.

« 5° Une jeune dame de la haute société parisienne, dont elle fait
« les délices, madame Th...., après avoir fréquenté sans profit les
« principaux établissements thermaux d'Italie, de France et d'Alle-
« magne, se trouvait encore, l'année dernière, dans les conditions
« physiologiques les plus extraordinaires que j'aie jamais vues. Ne
« vivant pour ainsi dire artificiellement que de thé, de laitage, de
« salade et de légumes verts, madame Th.... *ne digérait ni le pain,*
« *ni la viande;* aussi son excessive pâleur était-elle devenue prover-
« biale comme son amabilité. Or, en dix-huit ou vingt jours, ma-
« dame Th.... se rétablit complètement à Bagnoles et mange au-
« jourd'hui comme tout le monde ;

« 6° Plusieurs jeunes filles chlorotiques soumises à l'action com-
« binée de l'eau thermale, de l'eau ferrugineuse et des bains en
« piscine, se guérirent de leurs battements de cœur et reprirent du
« teint avec une incroyable rapidité (1).

(1) Il résulte de ces diverses observations que les affections qui doi-
vent le plus spécialement réclamer l'usage des eaux de Bagnoles sont
surtout l'*asthme nerveux,* les *blessures anciennes* qui ont intéressé les
nerfs ; les divers genres de *tremblements,* selon que la *chorée* occupe
telle ou telle région ; les *plaies* et les *ulcères atoniques;* les *maladies
de la peau vésiculeuses, squammeuses* et *papuleuses* dont la chroni-
cité ne date pas de trop loin ; les *rhumatismes chroniques;* certains
cas de *paralysie* sans disposition inflammatoire, les *maladies chroniques* des *articulations,* et principalement celles qui reconnaissent pour
cause un principe scrophuleux, les *gastralgies* ou gastrites chroniques,
les *névroses abdominales* (gastro-entérites, hépatites, etc.), l'*aménorrhée,* la *leuchorrhée* et diverses autres affections se rapportant à la *chlorose,* ou *pâles couleurs* et aux différents accidents de certaines époques
de la vie chez les femmes. « Elles produisent aussi d'excellents résul-

« Tels sont les faits : je les livre sans commentaires aux médita-
« tions des médecins.

« Je dois d'ailleurs ajouter que la vie qu'on mène à Bagnoles, vie
« de retraite et de plaisir à la fois, jointe à l'air balsamique qu'on
« y respire à l'ombre de ses forêts de pins, doit singulièrement fa-
« voriser l'action salutaire de ses eaux. Puis, « c'est le lieu du monde,
« dit M. Bourdon, où l'on se divertit le mieux. » Aussi existe-t-il au
« milieu de ce pays perdu, dans cette *oasis* de la Normandie, un
« charme qui vous séduit et vous attache malgré vous. Cela tient-il
« à la beauté du site, à l'aménité des personnes qui s'y réunissent,
« au laisser-aller champêtre dont on y prend l'habitude, à la jeu-
« nesse qui y rit de si bon cœur, aux émanations féeriques du voi-
« sinage?... Je ne sais ; mais ce que je sais bien, c'est que je n'ai pas
« vu un seul baigneur quitter Bagnoles sans regret.

« S'il est vrai que l'intérêt qui se rattache aux alentours d'un
« établissement de bains entre pour beaucoup dans les éléments de
« sa prospérité, Bagnoles est à cet égard un lieu privilégié : l'anti-
« quaire, le poète et le paysagiste, pourront y vivre plusieurs mois
« en renouvelant chaque jour leurs impressions. C'est la capitale du
« royaume des fées ; le compendium de ses légendes ferait dix gros
« volumes. Pas de pierre qui n'ait son histoire ou son mythe, pas
« d'arbre remarquable, sa madone. Les saints et les démons, les gé-
« nies et les chevaliers, ont laissé partout, sur ses landes, les em-
« preintes de leurs pas ou le symbole des miracles qu'ils y ont ac-
« complis.

« En effet, si, gravissant au sommet de la montagne boisée qui
« domine l'établissement, vous ne vous égarez pas dans le réseau
« d'avenues et de sentiers rocailleux qui se croisent sur son ver-

---

« tats dans toutes les variétés de ces affaiblissements nerveux, de ces per-
« turbations de même nature si fréquentes chez les personnes dont les
« travaux de cabinet, de longues maladies ou des fatigues de divers gen-
« res ont ruiné la santé ; ceci explique pourquoi elles réussissent à mer-
« veille en général aux femmes, aux enfants et aux vieillards, qui en
« retirent un accroissement de tonicité et de force véritablement remar-
« quable. » Aussi doit-on faire observer qu'elles peuvent être nuisibles,
par la même raison et dans certaines circonstances, aux tempéraments
sanguins et pléthoriques, exposés aux congestions et retour d'affections
inflammatoires.

« sant, vous arrivez à un pavillon isolé qui domine tout le pays,
« et qu'on nomme *Belvédère*. Alors s'épanouit à vos yeux un ho-
« rizon immense qui présente une multitude d'accidents curieux,
« la petite ville manufacturière de la Ferté-Macé, la chapelle de
« Lignoux, environnée de bocages, le joli village de la Madeleine
« et une campagne variée, où se dessinent dans le lointain les
« méandres de la Mayenne, avec la plupart des lieux dont il va être
« question.

« Presque sous vos pieds, l'établissement est au fond d'un gouffre
« qui vous donnerait le vertige si le rocher, qui rompt en falaise
« à deux cents pas de là, vous permettait d'en mesurer la pro-
« fondeur.

« A votre droite, les eaux *de la Vée* (le torrent de Bagnoles),
« retenues par le barrage d'une ancienne fonderie, transformée en
« moulin, forment ce beau lac encadré par la forêt d'Andaine, et
« dans lequel se mire sur la rive opposée une paisible *villa* dont
« vous ne voyez que le faîte.

« Là, dans une sorte de musée d'antiques que vous serez admis à
« visiter, entre de belles toiles du Titien et des marquetteries de
« Jean Goujon, se cache la poétique existence, non d'une fée, mais
« d'une muse, dont les écrits ont à peine trahi le mystère.

« Devant vous encore, mais à l'horizon, la vieille cité de Dom-
« front vous apparaît vaguement avec les ruines de son antique
« forteresse, illustrée par l'intrépide défense du malheureux Mont-
« gommery ; plus près, à votre gauche, les magnifiques avenues et
« les épais massifs que vous apercevez environnent le joli manoir
« de Couterne.

« Cette haute tour en aiguille qu'on aperçoit dans le lointain,
« sert comme de phare indicateur aux ruines féodales de Bouvou-
« loir, autour desquelles se groupent à distances inégales et dans
« différentes directions, la vieille chapelle de Lignoux, avec sa
« vierge miraculeuse, les riches futaies de la Bermondière, où vé-
« cut Réaumur sur les bords de la Mayenne, au-delà de Domfront,
« les restes du *Château du Diable* dont on vous contera la bur-
« lesque et terrible histoire ; et tout près de Bagnoles, *Saint-Horther*,
« lieu de pélerinage aux bizarres croyances, puis enfin, à trois
« lieues de là l'antique château de *Lassay*. »

Ce magnifique château, d'architecture très-ancienne, merveilleusement conservé et qui remonte aux siècles de la chevalerie,
est un des monuments les plus curieux conservés dans notre

vieille Armorique. L'imposant aspect de ces huit tours, liées par des remparts, enceintes de fossés et dominant toute la contrée, peut, avec les ruines du Bois-Thibaut et du Bois-Frou qui les avoisinent, en apprendre plus sur l'histoire féodale de notre pays que la lecture de cent volumes de chroniques. — Un véritable antiquaire ferait trois cents lieues pour voir ces vestiges du moyen âge. Le propriétaire actuel de Lassay est M. de Beauchêne qui reçoit toujours les visiteurs avec une courtoisie digne du xve siècle.

En se rendant à Bagnoles de la Haute-Normandie ou même de Paris, on peut visiter, chemin faisant, dans l'ancien donjon de Falaise, la chambre qu'occupa la belle Arlète, fille d'un Pelletier, et où fut bercé son fils Guillaume-le-Conquérant, auprès du cachot de son descendant l'infortuné Arthur, duc de Bretagne; le haras du Pin, un des plus beaux de France; le château de Rânes avec sa tour crénelée, à légendes féeriques; le gothique manoir de Carrouges aux souvenirs historiques, possédant aussi l'appartement de Louis XI, lors de la visite de ce monarque à son possesseur, Ambroise Leveneur, en se rendant au Mont-Saint-Michel, avec une riche galerie de tableaux et l'armure complète que portait Jean Leveneur à la bataille d'Azincourt.

Il est en outre facile, en partant directement de Bagnoles par la route de Mayenne, d'aller visiter les ruines que possède le Bas-Maine, ce vaste musée d'antiques de nos provinces de l'Ouest. *Vagoritum* et *Jublains* surtout méritent de fixer l'attention.

Jublains, ancienne ville gallo-romaine, capitale des Diablintes, fut saccagée par les barbares dans les premiers siècles du christianisme. Ensevelie sous ses décombres, comme un immense cadavre, Jublains est là presque encore entière avec ses rues, ses temples, ses thermes et sa citadelle.

La poussière de quinze siècles sert de linceul à cette autre Pompeïa, comme à la Pompeïa napolitaine la cendre du Vésuve.

Les ruines de Vagoritum, cité gauloise, capitale des Arviens, occupent un plateau élevé sur les bords incultes de l'*Erve*. Les grottes de Saulges avec leurs stalactites et leur fée Margot sont dessous. En s'y rendant, après avoir visité l'église d'Evron, aux riches bas-reliefs et aux reliques miraculeuses, on peut s'arrêter à Sainte-Suzanne « cette rare et jolie petite ville du moyen-âge, véritable perle perdue au milieu des landes et des genets du Bas-Maine, comme l'a dit M. de la Sicotière, rappelant par ses murs d'enceinte vitrifiés l'aspect des anciens châteaux des montagnes d'Ecosse.

Si l'on continue le voyage jusqu'à Solesmes, les belles statues de son abbaye, œuvre admirable de Germain Pilon, sauvées de la destruction, par l'abbé Dom Guéranger, dédommageront amplement les amateurs. « Que d'ailleurs, dit encore M. Teste, la fatigue ne « vous cause nul souci : une pierre déposée pieusement à votre « retour sur l'un des arbres qui borde le chemin conduisant à Saint-«Horther, vous rendra toutes vos forces. Telle est du moins, la « croyance des habitants de la contrée, qui, dans leur foi naïve, « glorifient encore saint Horther des cures miraculeuses opérées à « Bagnoles. »

Si ces excursions laissent des loisirs, Cherbourg et sa rade, le Mont-Saint-Michel et Saint-Malo pourraient aussi être facilement visités.

Comme on le voit, Bagnoles possède dans ses environs et à des distances assez rapprochées, tout ce qu'on va chercher bien loin, depuis l'oratoire champêtre, à la madone miraculeuse, jusqu'aux nécropoles de l'âge celtique et romain, avec de curieux vestiges des temps chevaleresques, échappés jusqu'ici aux révolutions et à la sape des démolisseurs. Les légendes qui se rattachent à ces lieux intéressants pourraient fournir la matière d'un ouvrage qui pourra quelque jour tenter une plume désœuvrée.

La saison des eaux de Bagnoles commence vers la fin de mai et finit à la fin de septembre. Un médecin de Paris y réside pendant ce temps, pour donner des soins aux malades.

On trouve dans l'établissement des logements commodes à des prix modérés avec une table bien servie et ce qui peut être nécessaire aux distractions d'une société distinguée.

Paris. — Imprimerie Lacour, rue Saint-Hyacinthe-Saint-Michel, 35.

Établissement thermal de Bagnoles (Orne).

www.ingramcontent.com/pod-product-compliance
Lightning Source LLC
Chambersburg PA
CBHW061432170626
46811CB00005B/2240